M au milieu

Texte d'Ian Bone
Illustrations de Mitch Vane
Texte français de Brigitte Surreau

Éditions
SCHOLASTIC

Catalogage avant publication de Bibliothèque
et Archives Canada

Bone, Ian, 1956-
Mimi au milieu / Ian Bone;
illustrations de Mitch Vane;
texte français de Brigitte Surreau.
(Petit roman)

Traduction de : Maddy in the Middle.
Niveau d'intérêt selon l'âge :
Pour enfants de 7 à 9 ans.
ISBN 0-439-94080-X

I. Vane, Mitch II. Surreau, Brigitte, 1958- III. Titre.

PZ23.B6466Mi 2006   j823'.914   C2005-906862-0

Édition publiée par les Éditions Scholastic, 175 Hillmount Road,
Markham (Ontario) L6C 1Z7 CANADA.

6 5 4 3 2 1   Imprimé au Canada   06 07 08 09

À toutes les Maddie que je connais,
en particulier celles du milieu – I.B.

Pour Matt, Tani et les magnifiques
Natasha et Dexter – M.V.

Chapitre 1

Mimi n'a pas de place spéciale
dans sa famille.

Elle n'est pas la benjamine.
Cette place est celle de bébé
Christine.

Tout le monde veut tenir
Christine dans ses bras.

Mimi n'est même pas la deuxième des plus jeunes. Cette place spéciale appartient à Benoit qui a trois ans.

Tout le monde dit que Benoit est très mignon.

Simon est l'aîné de la famille.

Et Kim est la fille aînée.

Mimi est juste Mimi – coincée au milieu de cette famille nombreuse et bruyante.

Chapitre 2

Ce jour-là, après l'école, Kim se prépare pour son entraînement de basketball.

Simon est en retard pour son cours de guitare, et maman cherche partout ses clés de voiture.

Mimi aimerait leur parler de son nouvel enseignant. Il s'occupe d'un petit oiseau malade qu'il transporte dans une chaussette pour le tenir au chaud.

Mais ils sont trop occupés pour écouter.

Mimi essaie d'en parler à son papa. Mais il est en train de lire une histoire à Benoit tout en changeant Christine.

Papa voudrait bien écouter
Mimi, mais il laisse tomber le livre
sur la tête de Christine...

qui se met à pleurer.

Puis tout le monde quitte la
pièce.

— Personne ne veut écouter
l'histoire de mon enseignant et
du petit oiseau malade? demande
Mimi.

Pour toute réponse, elle
n'entend qu'un minuscule *miaou*.
C'est Sidoux, le vieux chat gris.

Sidoux se frotte doucement contre la jambe de Mimi.

Elle n'y prête pas attention. Tout le monde sait qu'on ne peut pas parler d'oiseaux à un chat.

Chapitre 3

Plus tard, papa joue au cheval avec Benoit tout en coupant des légumes pour la soupe.

Maman raccommode l'uniforme de Simon et aide Kim à faire ses devoirs.

Mimi essaie encore de parler de son nouvel enseignant et du petit oiseau dont il s'occupe.

— Il appelle ça Opération Sauvons la faune, dit-elle.

Maman voudrait bien écouter, mais Christine vient de se réveiller. Elle pleure si fort qu'on ne s'entend plus.

C'est alors que papa laisse
tomber Benoit qui se met à
pleurer lui aussi, encore plus fort
que Christine.

Cette fois, Mimi va dans sa chambre.

— Personne ne s'intéresse à l'Opération Sauvons la faune, dit-elle tristement.

Puis Mimi entend un petit *miaou* plaintif et baisse les yeux. C'est Sidoux. Il se frotte contre son pied.

Elle n'y prête pas attention.
Qu'est-ce qu'un chat pourrait bien
savoir sur la protection de la
faune?

Chapitre 4

Le lendemain soir, Kim et Simon
se chicanent pour s'emparer de
la télécommande.

Benoit rugit comme un lion en
jouant avec Christine.

Au milieu de tout ce vacarme, Mimi voit que quelque chose ne va pas.

Sidoux est étendu dans le couloir. Il s'étire d'une façon bizarre et paraît tout plat.

Il a vraiment l'air malade.

— Sidoux ne va pas bien! s'écrie Mimi.

Cette fois, tout le monde l'écoute.

Chapitre 5

Mimi ne quitte pas des yeux la vétérinaire, qui examine Sidoux avec soin.

— Il est très vieux, dit la vétérinaire. Il a perdu le goût de vivre.

— Je suis sûre que Sidoux veut vivre, dit Mimi.

Mais personne ne l'entend.

Tous les enfants sont très inquiets au sujet de Sidoux.

— Je vais le caresser jusqu'à ce qu'il aille mieux, déclare Simon.

— Je n'oublierai pas de le nourrir, ajoute Kim.

— Est-ce que je peux creuser un trou au cas où il mourrait? demande Benoit.

— Il ne va pas mourir, riposte
Mimi.

Mais personne ne l'écoute. Ils
sont trop occupés à se disputer
pour savoir qui aime le plus
Sidoux.

Chapitre 6

Le samedi, Simon oublie de caresser Sidoux. Il doit participer à deux matchs de basketball.

Kim est trop occupée pour nourrir Sidoux. Elle est invitée à une fête.

Benoit commence à creuser un trou, mais il le transforme en tarte à la boue.

Et Christine tire la queue de Sidoux!

Mimi emmène Sidoux dans sa chambre et murmure à son oreille. Elle lui raconte tout ce qu'il faisait quand il n'était encore qu'un chaton.

Elle lui rappelle comme il aimait jouer avec les rubans qu'elle mettait dans ses cheveux.

Elle lui dit qu'il avait l'habitude de se cacher sous le lit, puis de bondir sur elle.

Elle lui raconte qu'un jour, il a chassé farouchement le gros chat roux du voisin.

Sidoux l'écoute, puis, en
ronronnant, il sombre dans
un sommeil paisible.

Chapitre 7

Le dimanche, Simon dit qu'il est
trop fatigué pour caresser Sidoux.
    Kim s'affaire à coudre une
nouvelle robe et oublie de le
nourrir.

Benoit transforme le trou en grotte secrète.

Et Christine laisse tomber son biberon sur la tête de Sidoux!

Mimi emmène Sidoux dans le jardin et lui montre les hautes herbes où il aimait se cacher.

Elle lui dit qu'il est le meilleur chat du monde.

Sidoux ne perd pas une de ses paroles.

Mimi lui chante des chansons douces, et il s'endort sous le chaud soleil qui effleure son pelage.

Chapitre 8

Le lundi arrive. Mimi doit aller à l'école.

Elle dit à Sidoux que tout va bien se passer et qu'elle sera bientôt de retour.

Dès que Mimi est partie, Sidoux laisse échapper un petit *miaou* plaintif.

Il est tout seul!

Toute la journée, Mimi
s'inquiète au sujet de Sidoux.
Nourrir le petit oiseau malade
ne l'amuse même pas.

Quand l'école est finie, elle
rentre chez elle en courant le plus
vite qu'elle peut.

L'état de Sidoux semble s'être aggravé.

– Je ne te laisserai plus jamais, Sidoux, dit Mimi.

Chapitre 9

Le lendemain, Mimi range ses
livres dans un sac de plastique.
Puis elle dispose une couverture
dans son sac d'école et y installe
Sidoux.

Elle le transporte jusqu'à l'école.

Pendant la classe, elle tient son
sac et Sidoux sur ses genoux.

— Qu'y a-t-il dans ton sac, Mimi? demande l'enseignant.

Mimi le lui montre.

L'enseignant ne sait pas trop quoi faire dans une telle situation.

Mimi lui explique que c'est une Opération Sauvons un chat, tout comme son Opération Sauvons la faune.

— Et Sidoux ne fera aucun mal
à votre oiseau, ajoute Mimi.

L'enseignant est d'accord pour
que Sidoux reste.

Chapitre 10

Cette semaine-là, Sidoux va à l'école tous les jours.

Il écoute l'enseignant, les enfants, et surtout Mimi.

À la fin de la semaine, alors que la famille joue en faisant beaucoup de bruit, Mimi aperçoit quelque chose de merveilleux par la fenêtre.

Sidoux pourchasse un papillon!
— Sidoux va mieux! crie Mimi.

Simon approche la main de
Sidoux.

— Viens, que je te caresse, dit-il.

Sidoux ne lui prête pas
attention.

— Viens ici, dit Kim, je vais te donner à manger.

Sidoux passe devant elle sans s'arrêter.

— Sidoux, regarde le trou que j'ai creusé, dit Benoit.

Mais les trous n'intéressent pas Sidoux, non plus.

Il trottine vers Mimi et se frotte contre sa jambe.

— Mimi, on dirait que tu es la meilleure amie de Sidoux, déclare maman.

Maintenant, Mimi sait qu'elle a une place spéciale dans sa famille.

Ian Bone

Dans ma famille, nous avions un chat qui s'appelait Spike. Il était très vieux. Un jour, il est tombé malade, et le vétérinaire a dit qu'il ne vivrait plus très longtemps.

D'un seul coup, tout le monde a voulu s'occuper de Spike. Nous lui donnions à manger avant qu'il demande, nous le caressions, nous le choyions et nous y prêtions attention. Il a vécu bien plus longtemps que n'importe qui aurait pu le croire!

Quand j'ai écrit cette histoire, je pensais à Spike, allongé à sa place favorite sous notre pêcher.

Peu importe que nos familles soient grandes ou petites, nous avons tous besoin d'une place spéciale. Et nous avons tous besoin, aussi, de nous sentir aimés.

Mitch Vane

Dès que j'ai lu cette histoire, j'ai eu un coup de cœur pour Sidoux. Il me faisait de la peine, tout seul et oublié. Il avait besoin d'une amie comme Mimi.

Quand j'ai dessiné Mimi et Sidoux, j'ai essayé de montrer ce qu'ils ressentaient l'un pour l'autre. J'ai fait en sorte que Sidoux porte un regard spécial sur Mimi, et j'ai montré comme Mimi prenait beaucoup de précautions en tenant Sidoux dans ses bras.

Moi aussi, j'étais une enfant du milieu, mais je pense que je n'aurais pas été très douée pour m'occuper d'un animal malade. Ma sœur aînée savait bien mieux que moi prendre soin des animaux!